VIATEUR LEFRANÇOIS

Coureurs des bois
à Clark City

(Francis—Capuchon, Tome I)

Éditions de la Paix

Le Conseil des Arts | The Canada Council
du Canada | for the Arts

Nous remercions le Conseil des Arts du Canada de l'aide accordée à notre programme de publication.

Nous reconnaissons l'aide financière du gouvernement du Canada par l'entremise du Programme d'aide au développement de l'industrie de l'édition (PADIÉ) pour nos activités d'édition.

Viateur Lefrançois

Coureurs des bois
à Clark City

Illustrations Fil et Julie

Collection *Dès 9 ans*, no 32

Éditions de la Paix

pour la beauté des mots et des différences

© 2003 Éditions de la Paix

Dépôt légal 1er trimestre 2003
Bibliothèque nationale du Québec
Bibliothèque nationale du Canada

Imprimé au Canada

Illustration Fil et Julie
Graphisme Vincent Gagnon
Révision Jacques Archambault
Consultant Gérard Blouin

Éditions de la Paix
127, rue Lussier
Saint-Alphonse-de-Granby
Québec J0E 2A0
Téléphone et télécopieur **(450) 375-4765**
Courriel **info@editpaix.qc.ca**
Site WEB **http://www.editpaix.qc.ca**

Données de catalogage avant publication (Canada)

Lefrançois, Viateur
        Coureurs des bois à Clark City
        (Collection Dès 9 ans ; 32)
        Comprend un index.
        ISBN 2-922565-69-6
        I. Arseneau, Philippe. II. Saint-Onge, Drouin, Julie.
III. Titre. IV. Collection: Dès 9 ans ; 32.

        PS8573.E441C68 2003 jC843'.54 C2003-940197-9
        PS9573.E441C68 2003
        PZ23.L43Co 2003

À RAPHAËL...

L'ANNONCE D'UN AVENIR

PROMETTEUR

Chapitre premier

UN NOUVEAU PAYS

Francis naviguait vers ses dix ans lors de cette traversée mouvementée de septembre 1948.

Le voyage fut pénible pour les passagers et les membres de l'équipage. Une odeur désagréable empestait les moindres recoins du bateau depuis le début de la tempête inattendue.

Au milieu du Saint-Laurent, deux heures après le départ du quai de Matane, un vent du nord très violent s'éleva. Ballotté par la mer, le traversier se promena d'un creux de vague à l'autre jusqu'au port de Sept-Îles.

Peu conscient du danger et se voulant très brave malgré son jeune âge, Francis s'amusait parfois à défier les intempéries.

Le mal de mer dont sa mère Marjorie souffrait gâcha cependant une partie de son plaisir. Enceinte de quatre mois, elle pestait contre la tempête et la folie de son mari, Mathieu Denicourt, d'avoir accepté cet emploi à Clark City.

Désemparé par la colère de sa conjointe, l'homme observa un silence prudent. Il se concentra sur les soins à donner à Marjorie et à surveiller Francis toujours empressé à se promener sur le pont balayé par les vagues.

— Le pire, gémit la femme découragée par les événements, nous devrons revivre ce cauchemar l'année prochaine à la fin de ton contrat. Peut-être avant si tes patrons en décident autrement. Dans cette ville, tout appartient à la compagnie : le terrain, la maison, les meubles, la vaisselle et même les gens.

— La papetière fait vivre plein de gens. Les millions de dollars qu'elle a investis lui donnent le droit de décider qui vivra dans sa ville.

— Ils ont tout construit, les patrons détiennent le gros bout du bâton. C'est comme vivre chez la belle-mère, elle te tolère tant que tu ne la contraries pas.

— Le directeur du personnel prolongera peut-être mon séjour, la rassura Mathieu dans l'espoir de dédramatiser la traversée mouvementée.

Le papa embrassa sa femme dans le cou et lui murmura un « *Je t'aime* » à l'oreille. Marjorie fondait lors d'une déclaration d'amour de son amoureux. Les yeux bleu acier de l'homme pénétraient son âme et elle en perdait ses moyens Elle caressa l'épaisse chevelure blonde de son mari en le gratifiant d'un large sourire. La femme plaça les mains sur son ventre rond.

— Courage, ma fille ! Nous sommes enfin arrivés.

La mère de Marjorie, Joséphat, venait d'accoucher de son quatorzième enfant vivant. Elle prédisait à sa fille, juste à la rondeur de son ventre, un bébé de sexe féminin. La femme voulait la croire de toutes ses forces puisqu'elle souhaitait une fille.

Chapitre 2

PREMIÈRE RENCONTRE

— Reviens ici ! hurla Marjorie, nerveuse de voir son fils se frayer un chemin parmi les passagers et détaler à toutes jambes.

À peine le bateau accosté, Francis franchit la barrière et descendit la passerelle les talons aux fesses. Il avait l'impression de subir encore l'effet des vagues. Le garçon trébucha sur un cordage et se retrouva à plat ventre sur le quai. Il sentit quelque chose d'humide lui lécher le visage.

Oubliant ses genoux endoloris, Francis ouvrit les yeux. Il aperçut un petit chien doré aux oreilles pendantes et au regard affectueux. Des yeux globuleux le fixaient tendrement. L'enfant se figea un moment, étonné de voir un animal si repoussant. Un cri retentissant paralysa la gentille bête.

Antony, un Amérindien de l'âge de Francis, vint l'accueillir en se confondant en excuses. Revenu de sa surprise, Francis poussa un grand soupir de soulagement.

— J'adore les chiens, affirma le garçon.

Il enleva une mèche blonde de son front, imitant ainsi son père dans les moments de nervosité.

— Je m'appelle Antony, dit le jeune Montagnais dont les yeux sombres reflétaient le soleil.

— Et moi, Francis.

— Carline est la plus fantastique de tous les carlins, prétendit le jeune inconnu. Mon père dit que cette race de chiens est originaire de Chine.

Antony aida Francis à se relever et lui souhaita la bienvenue sur la Côte-Nord. Une petite fille d'environ cinq ans, disant s'appeler Isabelle, le suivait de près.

— Tu souffres beaucoup ? lui demanda la gamine en voyant un filet de sang couler des genoux de l'étranger.

— Tu es bien gentille de te préoccuper de ma santé ! répondit le blondinet en souriant. Rassure-toi, je vais très bien.

— Nous allons sûrement nous revoir, reprit la petite demoiselle.

— Mon père travaillera à l'usine de pâte à papier.

— Bonne chance alors.

Antony sourit, saisit la main de sa sœur et rejoignit ses parents sans rien ajouter.

Chapitre 3

UN TROU PERDU

Depuis sa descente du traversier, Francis avait l'impression de pénétrer dans un monde irréel. Il ne pouvait comprendre ce sentiment étrange qu'il éprouvait à la suite d'un premier contact. Des Amérindiens en groupe de cinq ou six bavardaient sur le quai. Comme s'ils craignaient un affrontement, les Montagnais se dispersèrent à l'arrivée d'une voiture tirée par un cheval noir.

Deux hommes de grande taille, portant des chemises à carreaux, prenaient place sur la banquette avant. Mathieu se demanda si leur allure rébarbative, aux visages sévères dissimulés sous de longues barbes rousses, effrayait vraiment les Amérindiens. À les voir s'éloigner à l'arrivée des deux hommes, le père conclut à une certaine animosité entre les deux groupes.

— Qui sont ces gens, papa ? demanda Francis en pointant les barbus du doigt.

Les futurs patrons de son père avaient dépêché un dénommé McTavish, le contremaître, pour les conduire à leur nouvelle maison.

— Bienvenue sur la Côte-Nord, lança sans trop de conviction, un des colosses à la famille Denicourt.

— Merci beaucoup, répondit Mathieu.

Malgré un français marqué par un étrange accent européen, les deux Écossais furent parfaitement compris.

Se tenant près de ses parents, Antony fit un signe amical de la main en direction de Francis, lequel s'empressa de lui rendre la politesse. Le garçon retenait la petite chienne au bout d'une corde.

Le carlin, ou *pug* en anglais, étalait un pelage court, fauve, parsemé de taches noires sur les oreilles, les joues et le front. Qu'il était drôle avec ses yeux noirs tout ronds, son museau carré et sa queue recourbée au-dessus de la hanche ! Carline jappa en voyant les étrangers et se mit à trembler.

— On ne parle jamais à ces gens, proclama le contremaître écossais d'une voix rauque. Ces paresseux refusent de travailler et ne pensent qu'à chasser et à pêcher. Allez ! Montez ! Mon cheval déteste la foule.

L'employé de McTavish rangea les trois malles derrière, puis grimpa sur le siège avant.

Marjorie se mordit la lèvre supérieure pour éviter un commentaire cinglant. Sa grand-mère, une Micmaque de la baie des Chaleurs, aimait la vie et répandait l'amour autour d'elle par sa bonne humeur et son énergie.

Celui qui m'interdira de leur parler n'est pas encore né, se dit-elle en regardant l'étranger d'un œil sévère et rempli de défi.

Mathieu sentit la pression monter et s'empressa de changer de sujet.

— Quel beau pays ! Je sens que je vais bien m'y plaire.

— C'est un trou perdu ! affirma le contremaître sur un ton hostile teinté d'intolérance.

Au cœur d'un paysage de sapins et d'épinettes, le silence régna dans la voiture. Il arrivèrent devant une maisonnette plutôt coquette au centre du village. Marjorie ressentit un haut-le-cœur devant la porte. Elle ignorait laquelle des situations lui donnait envie de vomir, le ressac de la houle encore active dans son estomac, le bébé dans son ventre ou la perspective de vivre une année dans une région si éloignée ?

Le contremaître remit les clés de la maison à Mathieu.

— Présente-toi demain matin au bureau du personnel, lui ordonna sèchement le contremaître.

Les deux hommes repartirent aussitôt sans avoir souri une seule fois.

— Vraiment gentil, chuchota Marjorie avec dédain.

Chapitre 4

LES VOISINS AMÉRINDIENS

Pour les Denicourt, impossible d'ignorer les Amérindiens, comme l'avait demandé McTavish. Les voisins montagnais les saluaient, leur souriaient et se montraient gentils. Sept jours après leur installation à Clark City, Marjorie connaissait déjà leur nom et parlait quotidiennement avec eux.

De son côté, Francis fréquentait Antony Chassé, le maître de Carline. C'était un garçon sympathique et plein de fantaisies. Il lui avait parlé sur le quai, et Francis l'interprétait comme un geste de bienvenue plutôt gentil. Sa chienne, la queue sur la hanche, le suivait dans tous ses déplacements.

— Dis-moi, ta mère ne serait-elle pas Indienne ? questionna Zeph Chassé lors de la première visite de Francis chez lui. Ses cheveux noirs et son teint foncé ne mentent pas.

Le garçon expliqua candidement que Marjorie attendait une petite fille. Zeph regarda sa femme Catherina en souriant.

— Tu serais un bon politicien, ajouta l'homme au milieu d'un éclat de rire. Tu sembles habile à répondre à côté de la question.

Antony et Francis se regardèrent, se questionnant intérieurement sur le sens des paroles de Zeph.

Francis mangeait souvent chez les Chassé. Les parents ne cachaient pas leur joie de voir leur fils se lier d'amitié avec un jeune Blanc sans aucun préjugé. Ils se demandaient cependant combien de temps durerait la relation amicale.

— Les Denicourt semblent plus ouverts que les autres Blancs, murmura Catherina à l'oreille de Zeph.

L'homme la regarda d'un œil triste et haussa les épaules pour démontrer son impuissance. Les Montagnais ont vécu toutes sortes de situations depuis l'arrivée des Européens. Lui aussi souhaite que tout aille bien pour Marjorie et Mathieu.

— Sûrement mieux qu'avec les deux Écossais. Ils vendent de l'alcool aux Indiens, les menacent et en accusent les autres afin de passer inaperçus.

Les jours de congé et les fins de semaine, les deux jeunes s'amusaient ensemble du soir au matin. Ils refusaient même de se séparer pour les repas. Ils regrettaient grandement de fréquenter des classes différentes. Antony insista pour amener Francis en forêt, et il y mit la pression nécessaire. Pour forcer la main de son père, le jeune Indien cessa de le suivre à la pêche et à la chasse.

— J'y retournerai le jour où Francis se joindra à nous, promit Antony.

Zeph demanda alors la permission à Marjorie de faire découvrir la forêt à son fils. Très enthousiaste, elle accepta sans même en parler à son mari.

— Vous devriez en parler à votre mari. Je m'en voudrais de le vexer.

— Vous pouvez dormir sur vos deux oreilles. Mathieu travaille quatorze heures par jour et rentre fourbu à la maison. J'ai toute sa confiance.

Ravi de la décision de sa mère, Francis accompagna les Chassé dans leur quête de nourriture sauvage. À chaque occasion, afin d'accumuler une réserve pour l'hiver, ils parcouraient la forêt de sapins et d'épinettes noires à la recherche de gibier et de poissons. Parfois, le père Chassé allumait un feu, et tous dégustaient les truites pêchées une heure plus tôt.

L'apprenti devait cependant travailler fort pour mériter le privilège de les accompagner. Ainsi, lors de la tournée matinale des pièges à lièvres, Francis transportait deux, parfois trois lièvres jusqu'à la maison. Zeph le récompensait en lui donnant une bête déjà éviscérée et dépiautée.

La première fois, en voyant Zeph dépouiller le lièvre de son manteau de poil, Francis retourna chez lui le cœur en compote. Ce soir-là, il alla au lit sans souper.

Si Francis pouvait arriver aux pièges avant ses compagnons, il rendait la liberté aux animaux encore vivants. Zeph le chasseur n'éprouvait aucune pitié envers ces jolies bêtes, et même il les assommait avant d'enlever le collet meurtrier. Francis se résignait, détournant les yeux avant le coup fatal.

Conscient de la dureté de cette façon de faire, le Montagnais profita d'une journée de pêche sur son lac préféré pour expliquer aux jeunes les raisons de son geste.

— Notre peuple vit de chasse et de pêche depuis des milliers d'années. Nous en tirons notre subsistance et nos vêtements. Les papetières détruisent nos territoires et nous refoulent toujours plus loin vers le Nord. Moins d'arbres signifie moins d'animaux et de nourriture. La nature se montre toujours généreuse à condition que nous la respections.

Les garçons se réfugièrent dans le silence, saisissant mal la profondeur et la sagesse des paroles de l'homme. Une truite s'empara de l'hameçon d'Antony. Son cri de joie résonna sur les rochers, puis l'écho propulsa le bonheur des pêcheurs dans l'espace.

Un vent froid d'automne rugit subitement comme si le cri l'avait réveillé. Zeph décida de lever l'ancre. Carline jappa et trembla devant la tempête imminente. La pluie commença à tomber juste avant d'atteindre le rivage. Zeph tourna la barque à l'envers et entraîna les enfants dans un étroit sentier forestier.

Ils débouchèrent sur un sentier de bûcherons déjà boueux. Après dix autres minutes de marche rapide, tous trois arrivèrent au camp de chasse de Zeph. Installée sur un immense rocher plat, la cabane en bois rond dominait la vallée.

Les collines de droite, dépouillées de leurs épinettes par les bûcherons, semblaient veiller sur le camp. L'eau ruisselante avait creusé de larges sillons dans le sol instable formant ainsi un ruisseau éphémère.

— Quel gâchis ! lança l'Amérindien. Le déboisement des forêts tournera un jour au désastre.

— Pour quelle raison, papa ?

— Dès qu'il pleut, l'eau dévale les collines et emporte tout sur son passage. Un gros orage pourrait provoquer un glissement de terrain. Plus rien ne retient l'eau.

Zeph entra plusieurs bûches et fit du feu dans le vieux poêle à bois. Il profita de l'occasion pour nettoyer le camp de chasse. L'homme y conservait des provisions pour au moins une semaine. Pour accompagner la truite bien rôtie, Zeph ouvrit une boîte de légumes à l'aide de son couteau et servit ses deux protégés de plus en plus affamés. Carline fit sentir sa présence, tournant autour de la vieille table en émettant des sons plaintifs.

— Heureusement, ma petite sœur n'a pas la permission de nous suivre, nota Antony. La pauvre Isabelle serait morte de fatigue.

— Elle n'arrête jamais de parler, ajouta Francis.

Les garçons réussissaient rarement à la semer. Pour les jeux, près de la maison ou au village, la sœurette insistait et les suivait contre leur volonté. À bout d'arguments, ils acceptaient sa présence en sachant qu'ils devraient la surveiller. Catherina refusait à la fillette la permission de suivre les grands à la pêche ou à la chasse, en raison de son jeune âge.

Après quelques heures, la pluie cessa et le trio rentra au village. Comme d'habitude pendant le repas, Francis raconta sa journée dans les moindres détails.

— Antony a pêché une grosse truite, ajouta le garçon. Et l'écho nous a répondu.

Marjorie écoutait en silence, heureuse de la chance de son fiston. S'il voyait la mer, escaladait une montagne, pêchait dans la rivière, un ruisseau ou un lac, sa mère avait droit au récit le soir même.

Le camp de chasse frappa son imagination surtout à cause de la beauté du paysage. Tout le fascinait : la présence d'un cours d'eau poissonneux, la quiétude de la contrée dans un concert de chants d'oiseaux, eux-mêmes accompagnés par les bruits à la fois étranges et harmonieux de la forêt.

Chapitre 5

LE LOUP-SORCIER

Francis souhaitait que cette vie trépidante ne s'arrête jamais. Surtout que Zeph avait promis de leur raconter une histoire écrite par son père dans sa jeunesse, *Un loup rêvant de devenir un homme*. Il ne l'avait jamais oubliée et il désirait l'apprendre à son fils.

Le père profita d'une halte au camp de chasse, autour du poêle à bois, pour tenir sa promesse.

— Le Loup-Sorcier. Voilà des centaines d'années, peut-être même mille ans, commença Zeph, des meutes de loups arpentaient les vastes territoires de l'Amérique du Nord. Ces bêtes sauvages, dangereuses pour l'homme, côtoyaient parfois les humains disséminés sur le continent en-core inconnu du reste du monde.

« Comme les oiseaux, les tribus se déplaçaient au gré des saisons pour sur-vivre. Tous suivaient la migration des ani-maux pour les chasser, leur permettant ainsi de se nourrir, se vêtir et recouvrir les tentes de peaux tannées pour les protéger du froid, de la pluie ou de la chaleur.

« Les loups, constamment à la re-cherche de nourriture, sillonnaient les ter-rains de chasse des nomades. Les bêtes rôdaient, assurées de trouver des carcas-ses de caribous, de cerfs et une multitude de lièvres. Les loups affamés attaquaient férocement les autres animaux. En raison de famines ou d'hivers rigoureux, ces bêtes tout aussi malignes que courageu-ses s'en prenaient parfois aux Amérin-diens.

« Au nord du Grand Fleuve vivait une meute de loups dirigée par un chasseur craint de tous. Prince-des-Bois défendait âprement son territoire contre l'invasion des autres loups. L'enjeu étant la survie, les bandes rivales se livraient régulièrement des batailles mémorables. Même les hommes osaient rarement s'aventurer sur les terres des loups.

« Un jour pourtant, Prince-des-Bois observa une caravane monter vers le nord, puis s'installer au bord d'un lac poissonneux au centre de son royaume. S'il n'agissait pas, ces hommes transformeraient la forêt en territoire de chasse. Sa compagne, Belle-Louve, toujours à ses côtés, l'appuyait dans ses démarches les plus audacieuses.

« Les loups craignaient ces êtres étranges capables de marcher sur deux pattes. Les bêtes hésitèrent à intervenir devant la précision de leurs flèches. Après plusieurs jours d'observation, ils conclurent immédiatement à une cohabitation impossible entre les humains et les loups. Les bêtes les transformèrent en ennemis et, malgré la peur, décidèrent de les chasser de leurs terres ancestrales.

« Grands guerriers habitués à se battre pour survivre, les Amérindiens repoussèrent la meute. Lors de l'affrontement, Prince-des-Bois sauva sa bien-aimée d'un tomahawk meurtrier. Il sauta sur le dos du guerrier et réussit à le terrasser. Pendant ce temps, Belle-Louve courut se mettre à l'abri dans la forêt d'épinettes noires.

« Supérieurs en nombre, armés de couteaux en os d'animaux, de hachettes en pierre taillée, de lances, d'arcs et de flèches, les humains vainquirent les bêtes. Rapidement, ils occupèrent le territoire des loups. Les bêtes se plièrent à la loi du plus fort.

« Malheureux de la tournure des événements, déçu, rempli d'amertume, Prince-des-Bois se retira dans sa tanière. Même s'il croyait la guerre définitivement perdue, une volonté de vengeance persista longtemps. Belle-Louve réussit à le convaincre d'oublier ce mauvais moment. Après quelques années de stabilité et de calme, tous deux fondèrent une famille. La femelle donna naissance à trois louveteaux.

« Occupé à trouver la nourriture et à protéger son clan, Prince-des-Bois mit ses désirs de vengeance de côté sans toutefois oublier l'humiliation. À l'occasion, la nuit venue, il s'approchait du camp amérindien pour les regarder vivre. Les guerriers dansaient souvent autour du feu et les femmes servaient la nourriture.

« Ces gens paraissaient heureux de leur sort. Au même moment, lui se languissait dans sa tanière humide. Peu à peu, il commença à admirer le mode de vie des Amérindiens. Leur liberté le fascinait. Ces gens chassaient, pêchaient et trappaient pour survivre. Ils ramassaient le bois mort pour chauffer les tipis et vivaient en harmonie avec la nature.

« De leur côté, les loups souffraient souvent du froid et de la faim. La privation les rendait agressifs, méfiants envers les autres, se battant sans arrêt pour protéger leur famille. Même s'il savait la chose impossible, Prince-des-Bois rêvait de se transformer en humain afin de vivre pleinement. D'esclave, il deviendrait le maître. »

— Est-ce que vous aimez mon conte ? demanda Zeph aux garçons, après trente minutes de récit.

Francis et Antony écoutaient avec attention, attendant la suite de l'histoire avec anxiété.

— Oui ! Oui ! répondirent en chœur les deux amis.

Contre toute attente, Zeph se leva et éteignit le feu.

— Alors, je vous raconterai la suite une autre fois, lança-t-il d'un ton sérieux. Nous devons rentrer à la maison.

Les jeunes protestèrent, suppliant Zeph de terminer.

L'homme sourit, et, sans ajouter un mot, franchit la porte du camp. Francis et Antony le suivirent en maugréant.

Chapitre 6

UNE NAISSANCE

Le froid s'installa sur la bourgade et, bientôt, la neige ensevelit la région. Au septième mois de grossesse, fatiguée, une mauvaise grippe força Marjorie à garder le lit plusieurs jours. Sonia et Paola, deux voisines amérindiennes, offrirent gentiment de l'aider à l'entretien, la lessive et les repas.

Toujours très occupé à l'usine, Mathieu se levait tôt et rentrait tard à la maison. Son projet d'aménager une chambre pour le bébé le forçait à trimer dur et à travailler de longues heures.

Venu à l'improviste pour régler un problème urgent avec Mathieu, McTavish aperçut la belle Sonia à genoux sur le plancher, une brosse à la main.

Encore cette Indienne ! se dit le contre-maître en jetant un œil sévère et ennuyé en direction de Marjorie. La femme soutint le regard de l'Écossais, lequel dut détourner les yeux. Le dédain se lisait sur son visage fermé.

À cause de ses fréquentations répétées avec les Amérindiens, Mathieu subit une colère noire de la part de McTavish. Le père pensa alors aux paroles de sa mère. Afin de contrer l'impatience de ses huit garçons, Antoinette répétait souvent : « Quand on est valet, on n'est pas roi .» Pour éviter d'attirer les ennuis et même de perdre son travail, Mathieu se réfugia dans le silence. Comment combattre le racisme et la bêtise humaine ?

Chose certaine, jamais je ne trahirai Zeph. Même sous les menaces du contre-maître de ne pas renouveler son contrat de travail, il se contenta de sourire. Mathieu balaya de la main une mèche blonde de son front et pensa à Marjorie.

Ignorant les contradictions des adultes et les contraintes qu'ils subissaient, Francis et Antony continuaient leurs promenades quotidiennes dans les bois en compagnie de Zeph. En prévision de l'hiver, Catherina avait fabriqué des raquettes pour les deux jeunes. Francis craignait de ne plus pouvoir chasser à cause de la neige abondante. En recevant les raquettes, le fils Denicourt l'embrassa affectueusement sur les joues.

Marjorie s'inquiétait des absences de son fils, surtout par temps froid. Elle le retint à la maison trois fois entre novembre et mars. Bien sûr, l'intelligence de Zeph et son expérience la rassuraient beaucoup. Convaincu du bon jugement de sa femme, Mathieu ignora les remontrances du contremaître au sujet des relations entre les deux enfants.

Au début de février, un blizzard paralysa la région en laissant au sol soixante-quatre centimètres de neige. Au milieu de la nuit, Marjorie ressentit ses premières contractions. Pendant que la neige et le vent régnaient en maître, il fut impossible de sortir les chevaux de l'écurie. Et la téléphoniste qui ne répondait plus !... Le médecin de la compagnie dut même coucher en route, à Baie-Comeau, à cause des accumulations de neige.

Le père demanda à Sonia de surveiller la maison pendant son aller-retour chez la sage-femme. Bien emmitouflé dans des vêtements confortables, il affronta la poudrerie sur une distance de trois kilomètres.

— Rita est partie au début de la soirée, soutint une voisine.

Découragé, le cœur battant, Mathieu laissa son nom et un message, puis retourna sur ses pas. *S'il le faut, j'accoucherai Marjorie moi-même avec l'aide des voisines*, se dit le père, anxieux. Formant d'énormes remparts, les vents violents emportaient la neige dans tous les sens.

Malgré l'obscurité et la nature déchaînée, son instinct le conduisit directement chez lui. Déjà la neige bloquait les portes de la maison. Mathieu se fraya un chemin jusqu'à la fenêtre du salon.

À la demande de Sonia, Francis surveillait l'arrivée de son père. Il lui passa la pelle par un carreau afin de dégager l'entrée. Catherina Chassé accourut aussi au chevet de Marjorie dont les contractions devenaient plus violentes et plus rapprochées.

Des cris de douleur semèrent l'émoi dans la tête de Mathieu et de Francis. Le frérot grimpa l'escalier au pas de course, puis s'enferma dans sa chambre. Marjorie conseilla à son mari d'aller le réconforter. Tous les deux étendus sur le lit, le fils appuya bientôt sa tête sur l'épaule de son père et s'abandonna au sommeil. Pourtant, un grand brouhaha agitait toute la maisonnée.

Désirant avertir les gens de son arrivée, Kathie naquit une heure plus tard en criant et en pleurant. « Tenez bon, j'arrive ! » semblait-elle proclamer. Les hurlements du bébé réveillèrent Francis. Le grand frère descendit les marches deux par deux, curieux de voir ce phénomène à la voix si puissante.

Il regarda le nouveau-né en silence. Francis esquissa un sourire, puis promit de la protéger et de se montrer gentil. *Comment ne pas aimer une petite sœur belle comme ma mère ?*

Mais il était déterminé à garder sa place auprès de ses parents : Premier arrivé, premier servi, se plut-il à lui préciser à l'oreille...

La neige et les vents se calmèrent douze heures après les premiers pleurs de Kathie. Mathieu sortit par la fenêtre afin de dégager les portes une seconde fois. Une pelle à la main, tous les voisins travaillaient fort pour enlever la neige accumulée durant la nuit.

Zeph, en compagnie d'Antony, s'informa de Marjorie et du bébé. Francis sauta par la fenêtre à son tour pour saluer les Chassé. Manifestant leur joie, les garçons se lancèrent des boules de neige. Imitant les plus jeunes, les deux pères s'amusèrent à s'envoyer de la neige avec les pelles.

Averti de la naissance de Kathie par la téléphoniste, le curé se présenta chez les Denicourt afin de préparer la cérémonie du baptême. Le religieux reçut accidentellement une pelletée de neige et tomba sur le dos. Les rires cessèrent. Le silence régna un court instant à la vue du curé plutôt ébranlé, insulté, enneigé et sérieux comme un pape.

— Il faudra vous repentir de vos péchés, tonitrua l'homme à la soutane noire tachetée de neige blanche. Vous me devez le respect, ajouta-t-il d'un ton très sérieux.

— Pardon, mon père, s'amusa Mathieu en riant de bon cœur. Je promets de ne plus recommencer.

— Et toi, Zeph, tu ne t'excuses pas ? demanda le prêtre insulté, courroucé par le geste accidentel.

— Je réfléchis, répondit Zeph d'un ton monocorde et sans trop de conviction. Pour les regrets, il faudra repasser.

— Tu vas entendre parler de moi, Zeph Chassé, menaça le curé.

L'homme d'Église ordonna à Mathieu de préparer le bébé pour la cérémonie fixée à quatorze heures. Malgré la suggestion du père de retarder le sacrement de quelques jours, le curé ne voulut rien entendre.

— Trouve un parrain et une marraine, bougonna le prêtre avant de disparaître derrière la porte.

— Si ça continue, lança Zeph d'un ton léger et sans malice, ce curé va baptiser les enfants avant leur naissance.

Mathieu sourit et l'invita à la maison. Craignant une mauvaise grippe pour le bébé, Catherina se montra contrariée par l'empressement du prêtre. Marjorie s'opposa également, mais étant trop faible pour intervenir, donna son accord du bout des lèvres.

— Alors, s'informa le prêtre, qui seront parrain et marraine ?

— Nous choisissons des gens très honnêtes. Outre qu'ils sont nos voisins, je les considère comme mes meilleurs amis.

Le curé devint écarlate en devinant la suite. Catherina et Zeph n'allaient ni à la messe ni à confesse. Il demanda comment ils accompliraient leur devoir de chrétien auprès de l'enfant.

Devant la détermination de Mathieu, il cessa de discuter. En apprenant le prénom du nouveau-né, il poussa un profond soupir.

— Kathie ! Kathie ! Ce n'est même pas un nom de chrétien ! protesta le curé en refermant la porte derrière lui.

Chapitre 7

UNE CUISSE DE LIÈVRE

Pour occuper les garçons durant les soirées d'hiver ou pendant les longues promenades en raquette dans la forêt, Zeph continuait son histoire commencée au camp de chasse. Les jeunes ignoraient toujours le moment et l'endroit où ils connaîtraient la suite des aventures du Loup-Sorcier.

Ce jour-là, Zeph s'accorda une pause après la tournée matinale de ses pièges. L'homme enleva ses raquettes, puis proposa d'allumer un feu dans la clairière pour apprêter un lièvre. Les apprentis chasseurs acceptèrent à condition de connaître la suite de l'histoire.

Fidèle à son habitude, l'Amérindien garda le silence en attisant les flammes.

Assis sur un tronc d'arbre, une cuisse de lièvre bien dorée dans la main, Zeph s'exécuta enfin.

— Vous vous souvenez, dit le chasseur sur le ton de la confidence, Prince-des-Bois aspirait à devenir un homme. Il rôdait autour du village amérindien et le comparait au paradis.

« Réaliste malgré le rêve persistant, le loup retournait vers Belle-Louve et ses petits. Entouré de sa famille, il se sentait coupable de les quitter pour satisfaire un désir égoïste.

« Un jour qu'il surveillait une perdrix dans la forêt, Prince-des-Bois rencontra un homme étrange portant un chapeau de plumes multicolores. Il était armé d'un bâton léger et inoffensif. L'extrémité de la canne montrait une queue de serpent à sonnettes.

— Le propriétaire de ce bâton attire le respect, lui dit l'homme sur un ton très doux.

Curieusement, Prince-des-Bois ne craignait nullement cet étrange personnage dont les rides profondes ravageaient le visage. Au contraire, le loup s'approcha. Tous deux se dévisagèrent un long moment. Ils semblaient s'étudier afin de mieux communiquer.

— Jusqu'à hier, j'étais Bon-Sorcier, de la tribu des nomades, lui révéla l'homme.

« L'étranger comprit la réponse de Prince-des-Bois, même si celui-ci parlait le langage des loups.

— Je suis heureux de te connaître, Prince-des-Bois. Le Grand Manitou m'a demandé de te retrouver afin de réaliser ton plus grand désir. Tu rôdes si souvent autour du village...

— Tu n'as pas révélé ma présence à ton peuple ?

— Je devais t'aider à accomplir ta destinée, révélait le Sorcier à la baguette. Tu m'as appelé, j'accède à ta demande.

— Tu connais aussi ma destinée, questionna Prince-des-Bois intrigué par les propos de l'étranger.

— Quel est ton plus grand désir ? demanda le sorcier.

— Je veux protéger les miens et trouver assez de nourriture pour passer l'hiver, répondit Prince-des-Bois. J'aime tellement Belle-Louve.

— Tu désires surtout t'introduire dans un corps d'homme et ressembler aux humains.

— Les rêves doivent rester des rêves...

— ...Et si je te donnais la possibilité de réaliser ton rêve ?

« Prince-des-Bois observa un silence prudent devant les paroles insensées du sorcier. Ses pensées s'envolèrent immédiatement vers Belle-Louve et ses petits. Bon-Sorcier sortit un petit sac en cuir de sa poche. Il y fixa une corde et offrit de l'attacher au cou de Prince-des-Bois.

— Le Grand Manitou est venu me
chercher ce matin. Les membres de la

tribu ignorent encore la nouvelle de ma mort. Si tu acceptes de me remplacer, tu accompliras ton destin et le mien, car je pars trop tôt vers le paradis de mes ancêtres.

— Le génie du loup restera en toi et, un jour, le moment venu, tu retourneras avec ta louve. Je veux te mettre en garde contre une certaine déception. N'oublie pas, l'herbe semble parfois plus verte chez le voisin. La perception de la réalité cache parfois l'essentiel. Je te confie une mission magnifique.

« Sans vraiment réfléchir aux conséquences de son geste, Prince-des-Bois s'approcha du sorcier. L'homme sourit de satisfaction en attachant le petit sac au cou du loup.

— Qu'il en soit fait ainsi ! lança Bon-Sorcier. Ce sac renferme mon esprit et mes souvenirs. Je te confie donc mon destin. Agis avec sagesse dans ta vie d'humain. Le temps venu, tu connaîtras la voie à suivre.

« Bon-Sorcier toucha la tête de Prince-des-Bois avec la baguette à la queue de serpent à sonnettes. Tous deux disparurent emportés par un nuage aux couleurs de l'arc-en-ciel.

« Prince-des-Bois se réveilla à l'intérieur d'un tipi. Du feu de la veille s'élevait une faible fumée vers le ciel encore brumeux. Plusieurs personnes dormaient autour de lui. Son cerveau engourdi réalisa peu à peu que son rêve était devenu réalité.

« Prince-des-Bois saisit le petit sac en cuir et, pensif, resta immobile plusieurs minutes. Il ne pouvait comprendre comment un si petit sac pouvait contenir l'esprit du sorcier. Sa première pensée s'envola vers Belle-Louve. *Jamais elle ne pardonnera mon escapade*, se dit Prince-des-Bois en regardant attentivement son corps d'humain. Il appréhendait déjà le pire pour la sécurité de sa famille.

« Son instinct de loup refit surface devant la carcasse d'un cerf sur le feu. Il se jeta sur le sol et mordit à pleines dents dans la viande cuite. Prince-des-Bois se ressaisit rapidement, puis se redressa. Désormais, il écoutera son bon sens avant d'agir. *À l'avenir, je devrai réfléchir aux conséquences de mes gestes si je veux garder ma crédibilité*, se dit-il un peu confus. »

Après une heure à tenir les enfants en haleine, Zeph se leva et éteignit le feu avec la neige.

— Il est assez tard, les garçons, il faut surtout éviter les soucis à vos mères. Le vent se lève et la neige tombe à gros flocons.

Francis et Antony le supplièrent en vain de terminer son récit. Zeph, raquettes aux pieds, empruntait déjà le sentier enneigé.

Chapitre 8

DEUX HÉROS

Malgré un printemps superbe, la bonne santé de Kathie et la présence d'un soleil radieux, la morosité régnait dans la maison des Denicourt.

Par suite de la naissance du bébé, Francis se sentit délaissé par ses parents. Il oublia sa détermination à garder un petit coin bien chaud auprès d'eux. Après sa journée d'école ou une promenade en forêt en compagnie des Chassé, il rentrait à la maison sans trop d'empressement.

Heureusement, la chienne Carline donna naissance à trois chiots. Francis et Antony s'occupèrent des petits pendant plusieurs semaines. Les garçons les trouvaient réellement mignons, gentils et tout à fait adorables. Ils en parlaient du matin au soir et décrivaient leur beauté avec enthousiasme à tout le monde.

Mathieu et Marjorie se réjouissaient de l'intérêt de leur fils pour les chiots. Cette présence animale attirait son attention et l'éloignait des manigances du contremaître McTavish.

Offusqué de l'épisode du parrain, l'Écossais belliqueux punit Mathieu en lui offrant moins de travail. Il jura même d'expulser les Chassé de la localité. Sans ami véritable, l'homme à la barbe rousse et aux yeux verts, portant une éternelle chemise à carreaux, espérait secrètement devenir le protecteur de Kathie.

Il comprenait difficilement la camaraderie entre Mathieu et Zeph, et encore moins de l'avoir nommé parrain.

— Je me vengerai, disait tous les matins le colosse barbu à voix haute en se regardant dans le miroir.

Ignorant les intentions de McTavish, Zeph parcourait les bois avec les enfants. Ils travaillaient souvent au camp de chasse et, le matin très tôt, l'Indien partait à la chasse au chevreuil. Souvent, Francis rentrait chez lui avec un morceau de viande de gibier.

La mort d'un si bel animal l'impressionnait terriblement, même s'il s'habituait lentement au cérémonial du dépeçage. Malgré son dégoût, il regardait Zeph éviscérer la bête, la dépiauter et la découper en morceaux.

Un après-midi, selon leur habitude, Francis rentrait à la maison en compagnie de Zeph et d'Antony.

— Nous longerons la rivière Sainte-Marguerite jusqu'au chantier forestier, décida le père.

— Regardez, cria Francis, les billots flottent sur la rivière.

— Plus haut dans les terres, les bûcherons abattent des arbres, répondit Zeph. D'autres les coupent en billes, puis les chevaux traînent le bois jusqu'à la rivière. Jetés dans l'eau, les billots voyagent sur plusieurs kilomètres jusqu'à l'embouchure.

Le bois aboutissait dans un bassin naturel avant de finir à l'usine. L'accumulation des milliers de billots provoquait d'immenses embâcles, immédiatement libérés par les intrépides *draveurs.* Les garçons rêvaient de les imiter.

La rivière tumultueuse catapultait les morceaux de bois dans le bassin à une vitesse impressionnante. À leur arrivée au bassin, plusieurs hommes s'activaient à dégager les billots.

Pour ajouter au danger, le courant déplaçait constamment la masse flottante. Francis aperçut son père en conversation animée avec son patron. Il lui envoya la main, mais Mathieu ne vit rien. Impressionnés par tout ce brouhaha, les promeneurs regardèrent la scène avec intérêt.

McTavish injuria les travailleurs incapables de détruire un barrage de billots entrecroisés.

— Il faut en finir avec cet embâcle, hurla de nouveau l'Écossais.

En désespoir de cause, le contremaître ordonna de tout pulvériser. Trois dynamiteurs habitués à ce genre travail, dangereux pour le commun des mortels, placèrent les charges aux endroits stratégiques.

Puis les trois hommes retournèrent à l'abri sur la rive en courant sur les billots. À leur grand désarroi, aucune explosion ne se produisit.

— Vous n'êtes que des imbéciles et des incompétents.

L'homme en furie leur ordonna de vérifier les détonateurs. Malgré les conseils de Mathieu de patienter un moment, les dynamiteurs obéirent au patron. À mi-chemin, la poudre explosa, propulsant les billots de bois dans toutes les directions. Les trois hommes tombèrent entre les billes et disparurent sous l'eau.

Ignorant le danger, Mathieu se précipita pour les sauver d'une mort certaine. Il vit un filet d'eau et plongea. Les autres paralysèrent, incapables de réagir. Bouleversé, Zeph suivit son ami et plongea à son tour.

Francis et Antony s'approchèrent des berges du bassin, les yeux rivés sur l'eau. L'attente parut interminable. Un silence lourd de sens régnait sur la berge.

Puis les cinq hommes refirent surface. Des cris de joie retentirent chez les travailleurs. Plusieurs se précipitèrent sur les billots pour les aider. Antony et Francis hurlèrent de bonheur. Ils étaient si fiers de la bravoure de leur père. Tous deux se jetèrent dans les bras de leur héros.

Avant de rentrer, Zeph et Mathieu demandèrent aux garçons de ne jamais parler de l'incident à leur mère. Même s'ils comprenaient mal pour quelle raison, ils devaient se taire et promirent de tenir leur langue.

Pour expliquer les vêtements trempés, pères et fils s'en tinrent à un violent orage en forêt.

Chapitre 9

CAPUCHON, LE CARLIN

Marjorie avait remarqué la mélancolie de son fils depuis la naissance de Kathie. Elle décida de lui offrir un cadeau dont il se souviendrait toute sa vie. La mère le regarda en arborant un sourire espiègle et fit un clin d'œil complice à Mathieu.

Un jappement attira l'attention du gamin. Ses yeux bleu ciel brillèrent d'un éclat encore inconnu. Regardant autour de lui, Francis remarqua une boîte qui bougeait sur le plancher en bois franc. D'autres jappements se firent entendre, et l'enfant devinant enfin, s'empara du paquet mystérieux.

Il découvrit son petit *pug* préféré qu'il prénomma Capuchon à cause de ses taches brunes sur le crâne. Le rejeton de

Carline revêtait une belle fourrure dorée avec de grandes oreilles et des pattes courtes. En l'examinant de plus près, Francis découvrit une petite tache en forme de cœur sur le ventre.

Les larmes aux yeux, riant et tournant sur lui-même, Francis tomba dans les bras de ses parents. Capuchon entre les mains, il les embrassa et les remercia durant de longues minutes sans trop croire que lui aussi posséderait son *pug*.

Après un copieux repas, Marjorie sortit un superbe gâteau. Elle embrassa Mathieu et lui souhaita un joyeux anniversaire. Francis, ayant complètement oublié les trente ans de son père, courut le féliciter.

Zeph et Catherina arrivèrent au dessert. Isabelle courut vers le berceau du bébé et Antony retrouva Francis près de la boîte du chien. Après le café et la vaisselle, le Montagnais proposa une pêche miraculeuse à ses hôtes.

— Tu crois encore au miracle ? railla Marjorie en riant de bon cœur.

— Rira bien qui rira le dernier, répondit Zeph d'un ton espiègle.

Sonia accepta de garder le bébé et tous suivirent l'Indien sur la plage. Sûr de lui, Zeph promit de remplir de poissons une poche et deux chaudières.

À la lueur de la pleine lune, le sable donnait l'impression de bouger, envahi par d'énormes diamants vivants. Les deux garçons, suivis d'Isabelle, coururent sur la grève et revinrent avec une dizaine de poissons frémissants entre les mains.

Les deux familles aperçurent des centaines d'autres poissons gigotant sur le sol mouillé. En se retirant, les vagues avaient déversé des milliers de capelans sur le sable. La centaine de pêcheurs présents n'avaient qu'à se baisser pour cueillir la manne.

Pendant plus de deux heures, le petit groupe s'affaira à remplir les récipients, les poches et les chaudières. Les jeunes gens s'amusaient ferme à courir sur la plage brillante et vivante. Les adultes riaient et lançaient des cris stridents aux vagues.

L'autre surprise arriva avec une vague sournoise qui envahit la plage et renversa les trois enfants. Ignorant la crise de larmes de la petite Isabelle, Francis et Antony éclatèrent de rire. Les parents trouvèrent des poissons dans les poches de leurs manteaux et sous la robe de la fillette apeurée. Ce fut la rigolade générale sur le chemin du retour malgré les vêtements trempés.

Pour consoler ses protégés, Zeph promit de leur raconter la suite de Loup-Sorcier. Il choisit le moment où tous les trois pêchaient l'éperlan sur le quai de Sept-Îles.

Chapitre 10

LA BATAILLE À L'ÉPERLAN

— Rappelez-vous, nous avons laissé Prince-des-Bois en plein désarroi. Il tenait le rôle de Bon-Sorcier, mais réagissait avec des instincts de loup. Le premier matin, il s'était jeté sur la carcasse encore chaude d'un cerf. Prince-des-Bois avait promis, à l'avenir, de garder son calme.

Zeph relata les faits avec un plaisir non dissimulé.

« Ses compagnons se réveillèrent les uns après les autres. Tous le saluèrent respectueusement comme s'ils le connaissaient depuis toujours. Prince-des-Bois s'appelait vraiment Bon-Sorcier. La canne à la queue de serpent à sonnettes se trouvait à ses côtés.

« Les femmes servirent la nourriture, puis les hommes partirent à la chasse. Pendant son premier repas en humain, Bon-Sorcier choisit d'écouter les propos des autres avant de trop s'avancer. Curieusement, il comprenait leur langue.

« Pendant plusieurs lunes, la vie se déroula paisible et douce. L'homme mangeait à sa faim et les membres de la tribu portaient un grand respect à sa fonction. Bon-Sorcier goûta tellement aux bienfaits de l'existence humaine qu'il en oublia presque Belle-Louve.

« Les femmes de la communauté le comblaient d'attentions, le chef le consultait sur les grandes décisions à prendre et les chasseurs lui demandaient d'invoquer le Grand Manitou en leur faveur. Son rôle de sorcier lui convenait parfaitement.

« Parfois, par des conseils judicieux ou des herbes magiques, il guérissait le corps et l'esprit. Sa capacité à préserver les traditions ancestrales réconfortait les membres de la tribu et le sécurisait lui-même.

« Bon-Sorcier comprenait mal ses pouvoirs, mais essayait d'agir avec sagesse. Il se sentait envahi par le génie du sorcier capable de tout contrôler à la perfection. La mission lui allait comme une peau de daim.

« Quatre mois après son arrivée dans la tribu, le chef du village, accompagné des cinq sages, demanda une consultation. Leur visage grave le tracassa, y devinant même de mauvais présages.

— La tribu des montagnards va bientôt déterrer la hache de guerre, avertit le chef. Nous devons nous préparer et surtout, mettre les femmes et les enfants en lieu sûr.

— Pour quelle raison une telle guerre ? s'informa le Bon-Sorcier.

— La famine sévit chez eux après un hiver rigoureux. La tribu envie nos territoires de chasse et de pêche.

« L'instinct animal de Prince-des-Bois refit surface. La sournoiserie du loup n'ayant aucune limite, il misa sur cette grande qualité pour terrasser l'ennemi. Bon-Sorcier proposa aussitôt d'attaquer les premiers et non d'attendre l'arrivée des assaillants.

— Profitons de leur faiblesse et l'effet de surprise pour les frapper. Notre tribu aura la paix pour un bon moment.

— Les montagnards sont de grands guerriers, avertit le chef. La prudence s'impose.

« Après trois jours de préparation, les hommes valides partirent à la guerre. En attendant leur retour, les vieux sages et les femmes protégeront la communauté et trouveront la nourriture. Afin de leur donner du courage, Bon-Sorcier suggéra aux femmes apeurées de préparer la fête de la victoire.

« Le trajet de cinq heures en forêt conduisit les nomades près du village encore endormi. Le Grand Chef étudia le terrain, puis décida d'attaquer au petit matin. Tous portaient fièrement leurs tatouages de guerre sur le visage et le torse. Avant de passer à l'action, Bon-Sorcier exécuta la danse de la victoire, exhortant le Grand Manitou à les protéger et à leur donner la victoire.

« Confiants en leur bonne étoile, les guerriers prirent le village d'assaut. Surpris en plein sommeil par une attaque sournoise et habile, plusieurs montagnards périrent sous les coups de l'ennemi. Les autres, quelques centaines, réussirent à s'échapper et à se cacher dans la forêt. Une trentaine de femmes et d'enfants furent capturés, puis amenés au village des nomades pour servir d'esclaves.

« Les vainqueurs brûlèrent les tipis et de plus détruisirent tout sur leur passage. Bon-Sorcier semblait tendu, car, pensait-il, les survivants voudront se venger. Ils combattront jusqu'au bout pour reprendre les femmes et les enfants.

« Bon-Sorcier avait posté quatre espions dans la forêt pour qu'ils puissent les prévenir de tout mouvement de l'ennemi.

Prévenus de l'assaut, les femmes, les enfants et les vieux sages se cachèrent dans des trous creusés dans la terre, dissimulés par des branches de sapins et d'épinettes. Les guerriers nomades attendaient de pied ferme derrière une colline, près du camp.

« Les montagnards envahirent un village désert. Les nomades attendirent le moment propice et fondirent sur les assaillants armés de lances et de flèches. Les montagnards s'enfuirent sans avoir délivré ni les femmes ni les enfants. Les deux camps perdirent de valeureux guerriers. Le lendemain, chacun pansa ses plaies et enterra ses morts en élaborant des projets de vengeance. »

Pendant plus d'une heure, Zeph retint encore l'attention des jeunes.

— Quelle belle histoire, n'est-ce pas ? lança le conteur le visage souriant.

Francis et Antony répondirent par l'affirmative, puis insistèrent pour connaître la suite.

— À la prochaine, alors ! s'esclaffa Zeph. Vous connaîtrez la fin un autre jour.

Les garçons s'emparèrent de plusieurs éperlans et en bombardèrent Zeph. Les éclats de rire fusèrent de partout pendant la fuite de l'homme vers les rives du fleuve. Les trois pêcheurs empestaient tant et si bien le poisson qu'ils finirent dans le baignoire de Catherina.

Chapitre 11

DES ADIEUX DÉCHIRANTS

Une affreuse nouvelle attendait Francis à la fin de l'année scolaire. Le garçon en fut bouleversé.

— Nous déménageons, lui annonça Antony.

Francis resta sans voix, se contentant de le regarder avec des yeux interrogateurs. Ce silence intimida le jeune Indien.

— Nous rejoignons le frère de mon père à Rivière-au-Tonnerre, continua Antony en baissant les yeux.

Sous la pression de la compagnie, tous migraient vers la Basse-Côte-Nord. Catherina, Zeph et les enfants passèrent leur dernière soirée en compagnie des Denicourt.

Catherina et Marjorie pleurèrent en lavant la vaisselle, tandis que les hommes gardaient un silence attristé. Parfois des rires nerveux dissimulaient leur chagrin.

Pour chacun, l'amitié avait pris une grande importance et aucun n'avait imaginé devoir un jour se dire adieu. Zeph entraîna son complice à l'extérieur,

— J'ai oublié de donner un plat d'avoine à mon cheval, prétexta l'Amérindien.

— J'ai toujours aimé ce pur-sang arabe, dit Mathieu.

Il obéit à la demande de Zeph de le monter et de galoper autour de la maison. Francis sortit au pas de course et grimpa derrière son père. Quelle griserie pour le gamin !

— Mais dis-moi, comment vas-tu transporter ton cheval à Rivière-au-Tonnerre ? s'informa Mathieu Denicourt.

— J'ai décidé de laisser Rick ici, répondit Zeph. Et je l'offre à mon ami Mathieu.

Le silence se fit autour des deux hommes. On aurait pu entendre les maringouins voler. Un merci éteint sortit de la gorge serrée de Mathieu. Étreints par l'émotion, les deux hommes se donnèrent une chaleureuse accolade. Les larmes des femmes accompagnèrent celles de leur mari.

Troublés par les agissements des parents, Francis et Antony s'occupèrent de leur carlin. Capuchon prenait du poids et devenait de plus en plus vigoureux. Carline protégeait encore son rejeton sans savoir que jamais plus, elle ne lui lécherait le museau. Les deux enfants prirent conscience de la gravité du moment et de ses conséquences.

— On ne s'amusera plus ensemble, se lamenta Antony.

— Et surtout, terminées les magnifiques journées dans les bois à pêcher, à chasser et à flâner, renchérit Francis.

Entre deux caresses aux carlins, ils promirent de se revoir.

Francis ressentait un grand vide devant le départ imminent de son copain. Il savait, malgré son désir de loyauté, que leurs chemins se séparaient à jamais.

Antony passa le bras autour des épaules de son ami. Francis l'imita en silence. Isabelle les rejoignit, se plaça entre les deux et les saisit par la taille.

Les pleurs de Kathie mirent fin à ce silence rempli d'émotion. Tous se précipitèrent à la chambre en entendant les hurlements du bébé. Kathie réclamait son repas, et pas question de le retarder. Les sourires revinrent sur les visages des grands à la vue de ce charmant petit être aux yeux sombres.

La rancœur s'installa dans le cœur des jeunes garçons quand ils entendirent une discussion entre leurs parents.

— McTavish t'accuse de vendre de l'alcool et le curé l'approuve. Ils ont organisé ce départ crève-cœur.

— Ce brave Écossais doit s'inventer des coupables. Il fait le commerce de l'alcool et accuse les autres.

— D'après les deux hommes, tu donnes le mauvais exemple à nos enfants.

— Que veux-tu ? Nous vivons en territoire anglais. Ils possèdent tous les droits, même celui de disposer de nos vies.

La veille du départ, Francis et Antony se levèrent à l'aube et s'enfuirent au camp de chasse. Bien qu'inconsciemment, les deux jeunes protestaient contre l'injustice. Ils voulaient surtout retarder l'inévitable séparation. Se doutant de leur destination, les pères les rejoignirent vers midi. Avant de retourner à la maison, pères et fils dînèrent ensemble à la cabane. Les fugueurs s'attendaient à des reproches, mais Mathieu et Zeph parlèrent calmement.

— J'ai un service à te demander, Francis.

— Bien sûr, monsieur Chassé.

— Tu pourrais surveiller le camp durant mon séjour à Rivière-au-Tonnerre ? Ainsi à mon retour, la famille aurait un endroit où rester.

Cet argument massue les calma, et même, les convainquit de les suivre au village.

— Pourquoi faut-il perdre nos copains ? demanda Francis révolté par l'attitude autoritaire de quelques dirigeants.

— La vie se déroule ainsi, répondit Mathieu d'un ton fataliste. Nous croisons un être formidable, nous le côtoyons quotidiennement, puis nos routes se séparent sans trop savoir pourquoi. Les amis restent à jamais dans nos cœurs, car nous apprenons énormément à leur contact. Ce sera impossible d'oublier Zeph, Catherina, Isabelle et Antony.

— Les gens méchants comme ton contremaître gagnent toujours ?

— Ils se heurtent parfois à un mur, mais ils provoquent souvent la pagaille autour d'eux. Pour le moment, les patrons de la compagnie se conduisent à leur guise. Aujourd'hui nous sommes des serviteurs, mais un jour nous inverserons l'ordre qu'ils ont établi sans nous consulter.

— Ce jour-là, Antony reviendra ici ? demanda Francis, le cœur rempli d'espoir.

— Il sera libre de choisir.

Francis jeta un regard interrogateur à son père, puis sortit se promener en compagnie de Capuchon. Le chiot le suivait comme un vrai chien de poche, indifférent au drame de son maître.

Chapitre 12

LA FIN DU LOUP-SORCIER

Avant de quitter le village, Zeph termina son histoire. Catherina invita donc Francis à coucher à la maison. Malgré la tristesse du moment, les deux jeunes gens écoutèrent jusqu'à la fin. Francis et Antony auraient désiré un conte sans fin. Ils pourraient ainsi rester ensemble toute la vie.

— Ce sera vraiment la fin du Loup-Sorcier, promit Zeph. Alors, voici :

« La guerre faisait rage entre les deux tribus, continua le conteur sur le ton de la confidence. Les choses allaient de mal en pis.

« Malgré deux défaites et les pertes en vies humaines, les montagnards s'installèrent à deux kilomètres du camp nomade. Le désir de ramener les femmes et les enfants l'emportait sur toutes les autres considérations. Pendant des mois, les deux camps ennemis se harcelèrent sans relâche.

« *Je déteste ces tueries inutiles*, se répétait Bon-Sorcier en marchant de long en large dans le tipi. En fait, l'homme appréhendait le pire pour ses compagnons. Il commença à rêver de Belle-Louve et à sa vie sans problème dans la tanière.

« Craignant de tomber dans une embuscade, les hommes cessèrent d'aller à la chasse et à la pêche. La disette frappa bientôt la tribu ; les femmes, les enfants et les vieillards en devinrent les premières victimes. Bon-Sorcier fut blâmé pour son incapacité à les protéger.

« Malheureux, pensif, amer, le sorcier prit le petit sac en cuir entre ses mains. L'idée de l'arracher de son cou lui traversa l'esprit. Belle-Louve hantait son cœur. Il pensa à la solitude de sa merveilleuse compagne depuis son départ irréfléchi. Il lui avait pourtant promis de rester à ses côtés toute la vie.

« Près des siens, Prince-des-Bois avait l'impression de posséder le monde. Au milieu des humains, Bon-Sorcier se sentait seul, impuissant à régler le conflit. Même s'il évoqua souvent le Grand Manitou, la mort implacable menaçait. Sans aucune solution miracle à l'horizon, l'été tirait à sa fin. La faiblesse gagna les corps et les âmes, la grogne s'installa.

— Bon-Sorcier a perdu ses pouvoirs, affirmaient les uns, découragés devant une situation intenable.

— Les sages doivent le remplacer, proclamaient les autres avec conviction.

« Le matin de la première neige, désirant réfléchir à un compromis acceptable pour les deux parties, Bon-Sorcier s'esquiva discrètement du village. Peu enclin à rentrer, incapable d'affronter les regards tristes ou désapprobateurs, l'homme-loup se promena longtemps dans la forêt profonde.

« Le petit sac en cuir pesait de plus en plus lourd, comme une pierre suspendue à son cou. Le promeneur solitaire le toucha d'une main tremblante. *Belle-Louve, me pardonnera-t-elle mon escapade égoïste*, se demanda le malheureux sorcier. Comme ses compagnons, il souffrait de la faim. Sa vie de loup lui manquait.

« Pas question cependant d'abdiquer sans d'abord résoudre les problèmes dont il se croyait responsable. Sinon, il aurait la désagréable impression de s'enfuir par la porte arrière. Prince-des-Bois se le reprocherait le reste de sa vie.

« Au cours de sa longue randonnée, il rencontra un sorcier désespéré. Devinant leur désarroi mutuel, les deux hommes se dévisagèrent un moment.

— Invoquons ensemble le Grand Manitou pour lui demander de mettre fin aux malheurs de nos peuples, proposa l'inconnu.

« Les échanges durèrent plusieurs heures, puis chacun retourna dans son village.

« Avant de se séparer, ils implorèrent le Tout-Puissant d'éclairer les chefs et les guerriers. Les deux sorciers élaborèrent un plan. Ils proposeraient une trêve, mais les clans devraient d'abord discuter.

« Acculés au pied du mur, les chefs acceptèrent immédiatement des pour-parlers de paix. La rencontre se passa au pied d'une chute tumultueuse, loin des regards indiscrets, mais sous la protection bienveillante des sorciers. Les quatre hommes discutèrent pendant des heures avant d'arriver à un accord fragile. Bon-Sorcier proposa d'unir les forces des deux tribus afin de leur permettre de survivre à l'hiver.

« Désirant mettre toutes les chances de son côté, il invoqua même les esprits voyageurs de tous les sorciers présents et passés afin qu'ils intercèdent auprès du

Grand Manitou. L'accord se scella en fumant le calumet de paix.

« Les chefs expliquèrent le projet aux guerriers autour d'un magnifique feu de joie. Déjà, chacun célébrait la paix. Les hommes et les femmes, malgré les privations, dansèrent une partie de la nuit autour du brasier. Tous désiraient vivre. À l'aube, les chefs fumèrent de nouveau le calumet de paix après avoir accepté l'union des deux tribus.

« Les deux peuples se fondirent en un seul assez rapidement. Les chasseurs retournèrent à la chasse et la prospérité revint au village. La liberté et la paix retrouvées, une nouvelle nation vit le jour.

« Bon-Sorcier s'éclipsa en douce, se dirigeant vers la forêt d'épinettes noires. Avec le sentiment du devoir accompli, il arracha le petit sac en cuir et l'ouvrit pour en laisser échapper les souvenirs de Bon-Sorcier. Il abandonnait le monde des humains pour retourner vers les siens.

« Prince-des-Bois sentit un bien-être envahir tout son corps. L'idée de revoir Belle-Louve le comblait de joie. Il tomba à genoux sur le sol enneigé. Ses jambes et ses bras se couvrirent de poils, puis le loup hurla pour la première fois depuis une année. Le sorcier à la canne à queue de serpent à sonnettes se tenait devant lui en arborant un grand sourire.

— Qu'est-il arrivé ? demanda Prince-des-Bois encore engourdi.

— Tu as simplement sauvé mon peuple, répondit l'homme au visage ridé.

— J'ai plutôt le sentiment d'avoir échoué lamentablement à ma mission. La guerre et la famine ont ravagé le village. Je me sens responsable de tant de malheurs.

— Tu as transformé notre nation. Un jour, on dira qu'un loup fut le protecteur de notre peuple.

— J'ai toujours envié les humains. Je sais maintenant que ma vie de loup me convenait parfaitement. Je retourne enfin auprès de Belle-Louve.

« En prononçant le prénom de sa bien-aimée, elle apparut à l'orée du bois, suivie des trois louveteaux. Il comprit que le temps s'était arrêté pendant son absence. Les petits reconnurent leur père et le rejoignirent en sautillant de joie. Le sorcier sourit. La récompense consistait à reprendre la vie là où il l'avait laissée.

— Vous aviez raison, lança Prince-des-Bois, l'herbe semble plus verte ailleurs. Jamais plus je n'entrerai dans la vie des autres.

— N'oublie pas, dit le sorcier avant de disparaître, tu m'appelles si tu as besoin d'un conseil.

« Sur ces paroles généreuses, Belle-Louve accueillit son loup par de joyeux hurlements. Ce soir-là, bien au chaud sous sa couverture de poils, la tête légère, Prince-des-Bois dormit dans sa tanière. Au cours de son séjour chez les humains, il avait appris deux leçons importantes : d'abord, le bonheur consiste à rester soi-même ; ensuite, ne jamais envier le sort des autres si on ne veut pas hériter de leurs problèmes. »

L'histoire terminée, un grand silence s'installa dans le salon des Chassé. Zeph ouvrit ses bras généreux. Pour le remercier de sa patience envers eux, Antony et Francis s'y engouffrèrent avec un plaisir non dissimulé. Les éclats de rire succédèrent à ce moment de calme et de sérénité.

Les garçons parlèrent jusqu'à minuit. Le lendemain, la famille Chassé tournait définitivement la page sur Clark City.

Chapitre 13

LE DÉSARROI DE FRANCIS

Pendant une semaine, Francis resta sagement à la maison. Antony lui manquait et il ignorait de quelle façon combler le vide. Habitué à voir leur fils comme un oiseau sur la branche, à grimper aux arbres ou à chanter à tue-tête dans la forêt, ses parents se préoccupaient de sa morosité persistante.

Souvent, après le repas en famille, espérant lui changer les idées, Mathieu l'amenait à la pêche au bout du quai. Il désirait lui parler, l'encourager, lui redonner goût à la vie.

— Je comprends ton chagrin, mon fils. Je m'ennuie aussi de la bonne humeur de Zeph et de sa présence chaleureuse.

Antony serait malheureux de te voir ainsi, j'en suis convaincu.

— Il me demanderait de m'amuser, de pêcher ou de capturer des lièvres comme il me l'a enseigné, je sais papa.

Francis regarda son père avec des yeux pleins de tendresse.

— La vie doit continuer, ajouta Mathieu.

Le lendemain et les jours suivants, suivi de Capuchon, le jeune solitaire retourna pêcher l'éperlan au quai. Il taquina aussi la truite sur les rives du lac et captura quelques morues à l'embouchure de la rivière. Le goût de vivre revint rapidement. Il avait suffi d'un petit coup de pouce.

Parfois, Mathieu sellait le pur-sang et amenait son fils sur la plage de sable fin sur les rives du Saint-Laurent. Le dimanche matin, ils galopaient jusqu'au camp de chasse de Zeph pour y pêcher la truite.

L'été passa lentement et le mois d'août arriva sans crier gare. Francis pensait déjà au retour en classe. Sans la présence d'Antony à ses côtés, les paysages sauvages et la mer infinie lui paraissaient sombres et ennuyeux. *Si seulement la compagnie annulait le contrat de travail de mon père. C'en serait terminé avec les souvenirs de la Côte-Nord.* Pour ajouter à sa tristesse, la pluie ne cessait de tomber.

Francis profita d'une journée de soleil pour se rendre au chalet de chasse. Il prévoyait pêcher et flâner dans les champs de bleuets.

Capuchon, en bon chien de poche, le suivit dans les buissons et les sous-bois. Habitués à le voir constamment en compagnie de son chien, les voisins le surnommaient affectueusement Francis-Capuchon. Francis s'en amusait alors que Capuchon jouait l'indifférent.

Le promeneur solitaire s'enfonça lentement dans la forêt profonde sans se préoccuper des précipitations de pluie et de grêle derrière lui.

Chapitre 14

LA TEMPÊTE

Francis se promenait lentement, se gavant de bleuets en écoutant les bruits de la forêt quand un violent coup de tonnerre le projeta par terre. L'éclair descendit droit devant lui et frappa la tête de l'épinette la plus proche des nuages. Les bruits étranges, les craquements de branches et les étincelles provoquées par la foudre le clouèrent sur place.

Capuchon se mit à japper et à hurler. Son corps trembla, semblant paralysé par la peur. Plusieurs perdrix avaient déjà pris leur envol, effrayées par la colère de la nature et les jappements de Capuchon.

Le jeune solitaire courut en direction de la cabane de Zeph. La pluie commença à tomber en trombe, suivie d'une tempête de grêlons.

— Vite, Capuchon ! Suis-moi !

Même s'il risquait d'être foudroyé, Francis se cacha sous un sapin bien branchu pour attendre la fin de l'orage de glace.

Puis l'accalmie enfin ! Le jeune téméraire saisit Capuchon et se réfugia au pas de course au camp de chasse. Il entendait les grêlons sur le toit de tôle. Il s'assit un moment sur le banc près de la fenêtre pour admirer la nature déchaînée.

Une heure plus tard, il pleuvait toujours autant. L'eau creusa de profonds sillons autour du rocher sur lequel s'appuyait la cabane. Le ruisseau artificiel se gonfla rapidement. Entre-temps, le garçon avait allumé le vieux poêle à bois afin de sécher ses vêtements trempés.

— Que dirais-tu d'une boîte de soupe aux légumes, demanda le garçon à son fidèle ami. Il fit chauffer la boîte de conserve directement sur le feu.

— Ce sera un vrai régal, mon chien.

Étendu sur le plancher devant la porte, Capuchon leva la tête. Il se délectait déjà, la queue se dandinant dans tous les sens.

Le ciel s'obscurcit lentement et, bientôt, la nuit s'installa. Devant l'impossibilité de retourner chez lui, en raison de la pluie abondante, du tonnerre et des éclairs incessants, Francis s'étendit sur le vieux matelas.

Bien au chaud en compagnie de Capuchon, il pensa à Antony. La dernière nuit ensemble, au camp, tous les deux jouaient à se calmer l'un et l'autre sur les bruits nocturnes de la forêt. Chacun s'amusait à identifier les animaux sauvages qui rôdaient autour du chalet, croyant reconnaître le ululement du hibou, les pas lourds d'un ours brun ou le hurlement du loup.

— Ce temps paraît déjà loin, Antony.

Francis s'assoupit en pensant à ses parents. Ses rêves le transportèrent au delà des montagnes, loin de la plaine et au-dessus de la mer en furie. Le rêveur avait l'impression de survoler la Terre. Un sentiment de liberté l'habitait, même si un doute sournois s'installait.

Prisonnier des vagues de six mètres, un bateau luttait pour sa survie. L'eau le submergeait, disparaissait un moment sous les flots, puis reprenait sa route sans trop dévier. Le rêveur ne voyait rien ni personne sur le navire en perdition, sauf un petit animal errant sur le pont. Francis crut reconnaître Capuchon.

— Capuchon ! Capuchon ! Capuchon ! hurlait désespérément une voix d'enfant.

Il eut le réflexe d'aller à son aide, mais un vent violent ramena Francis vers la forêt d'épinettes et de sapins. Il entra dans la cabane en bois rond et se vit dormir près du petit chien.

Le voyageur de la nuit respira d'aise. L'intérieur du camp baignait dans la lumière du matin. Francis ouvrit les yeux et, d'abord étonné de se trouver à cet endroit, resta immobile un moment. Il n'entendait ni le chant des oiseaux ni le bruit du vent, et cela l'intrigua.

Curieusement, le gamin ne ressentait aucune panique intérieure. *Papa viendra me chercher avec son cheval, puis nous galoperons ensemble jusqu'à la maison.*

En attendant, Francis devait trouver un peu de nourriture. Il attisa le poêle avant d'ouvrir une boîte de fèves au lard. À sa grande surprise, Capuchon accepta d'en manger, même s'il détestait ce mets.

— Tu dois avoir très faim, lança Francis en souriant.

Une pluie fine continuait à tomber sur la région, contribuant à alimenter le ruisseau devenu une rivière de boue. L'eau brune et épaisse se déversant dans le lac, Francis renonça à la pêche matinale. Malgré d'immenses nuages noirs, il décida de décamper, puis de suivre un petit sentier derrière le rocher. En mettant les pieds dehors, un éclair suivi d'un coup de tonnerre fit trembler le roc. Désemparé devant la violence de la nature, il imita Capuchon et retourna se mettre à l'abri à l'intérieur.

La grêle recommença, recouvrant le sol d'un tapis blanc en quelques minutes. Défiant une certaine détresse, Francis plaça une bûche dans le poêle à bois. Il lava ensuite les boîtes de conserve vides afin de recueillir un peu d'eau de pluie.

— Ce serait bête de mourir de soif par un temps pareil, hein, mon Capuchon ?

La présence d'épais nuages et les pluies torrentielles le forceraient sans doute à coucher une seconde nuit dans la cabane juchée sur son rocher isolé. Pour la première fois, il douta de la venue de son père.

Loin de cesser, la pluie augmenta et tomba en rafale. Impuissant devant le déchaînement des éléments, Francis attendit sagement la suite des événements, bien à l'abri de la cabane. La rivière s'élargissait dangereusement et empiétait sur le rocher. Sur le balcon en planches grisâtres, un porc-épic espérait trouver un abri.

— Tu arrives juste à temps, toi, mon joli.

Il saisit un rondin, ouvrit lentement la porte et frappa la bête sauvage sur le museau. L'animal tomba raide mort. Malgré son dégoût pour une telle opération, il dépeça le porc-épic, comme lui avait enseigné Zeph, et en mangea quelques morceaux. Son instinct de survie avait pris le dessus.

La première fois, l'offre d'Antony de manger cette viande sauvage lui avait soulevé le cœur. Par contre, il avait fait honneur aux cuisses de grenouilles préparées par Catherina.

Bien rassasié, très en forme malgré la situation, Francis nettoya le camp. Il s'habitua même au bruit monotone de la pluie sur le toit de tôle. À chaque coup de tonnerre, la cabane tremblait sur ses assises de pierre. Il sursautait, regardant le plafond avec anxiété. Le vent s'infiltrait par les fenêtres et les fentes mal calfeutrées. Son sifflement à travers le bois équarri le rendait nerveux.

— Heureusement, tu es là, mon Capuchon, confia Francis. Qu'est-ce que je ferais sans toi ? Maman doit s'affoler après une telle absence.

Avec le tonnerre, les éclairs, le vent et la pluie transformée en rivière, personne ne parviendrait à le trouver, croyait-il.

— Même pas mon père sur son cheval brun.

Le chien s'approcha, lui lécha le visage, puis posa le museau sur la cuisse tremblante de son jeune maître.

Chapitre 15

DES IDÉES PLEIN LA TÊTE

En face de la cabane en rondins, l'eau déferlante s'était frayé un chemin en direction du lac. Peu à peu, des rochers dénudés firent leur apparition. Le champ de fleurs sauvages n'existait plus, emporté par l'eau brune tourbillonnante. La puissance de cette rivière artificielle l'effraya et le fascina tout à la fois.

— Je sais maintenant pour quelle raison Zeph a érigé son refuge sur une grande pierre surélevée, affirma-t-il à haute voix pour se donner l'impression de parler à quelqu'un.

Sans la prévoyance de cet homme des bois, la cabane ne serait plus qu'un débris flottant sur le lac. Comment aurait-il pu survivre à la crue des eaux ?

Hier encore, une forêt d'épinettes et de sapins de forte taille dominait le paysage. Trente-six heures plus tard, le sous-bois n'existait plus et la désolation régnait partout autour de lui. Les animaux sauvages avaient fui cet univers nu, désolé, triste.

La rivière déchaînée emportait tout sur son passage. Des roches de grande taille glissaient lentement, puis tombaient avec fracas dans le lac gonflé au maximum. Une épinette emportée par l'eau passa à un cheveu d'arracher la galerie du camp.

Grrr…Grrr...Grrr... Capuchon courut se cacher derrière le poêle à bois en entendant le craquement des branches. Francis ne pouvait détacher les yeux de ce spectacle à la fois grandiose et destructeur dont seule la nature détient le secret.

— Ne crains rien, mon beau chien, dit-il en lui prodiguant des caresses.

Le garçon vit tomber la nuit avec appréhension. Il se sentait si petit devant tant de puissance. Francis resta de longues heures près de la fenêtre, les yeux figés sur le paysage défiguré. *Ce sera l'accalmie au petit matin*, se rassura-t-il.

Le bruit de l'eau en cascade, les arbres déracinés, les roches en balade heurtant lourdement les autres pierres avaient dénaturé un paysage enchanteur en une scène presque cauchemardesque.

Les ululements du hibou, le coassement des grenouilles, les hurlements des loups et le chant des oiseaux avaient disparu avec la venue du désert de boue. Restaient la désolation et une cabane juchée sur le roc solide, assiégée par une rivière en furie.

Francis s'assoupit malgré sa volonté de rester vigilant. À chaque sursaut de son maître, Capuchon ouvrait les yeux. Les rêves du dormeur anxieux l'emportèrent dans les remous de la rivière. Au milieu d'un bruit d'enfer, il glissa sur l'eau un moment, puis s'enfonça dans les profondeurs.

Francis fit des efforts surhumains, nageant avec frénésie et vigueur pour se sortir de ce mauvais pas. Le malheureux continua sa chute vertigineuse vers l'abîme. Un tourbillon s'empara de lui, l'emportant au centre de la Terre. Un monstre marin ressemblant à une énorme grenouille, la bouche ouverte, aperçut l'intrus pénétrer dans son univers.

— Tu ne m'auras pas, hurla le naufragé, en apercevant la bête affamée.

Ce cri de défi provoqua l'hésitation chez l'animal chimérique. Francis essaya en vain de s'éloigner. La grenouille approcha prudemment, se délectant à l'avance de dévorer un humain pour le petit déjeuner.

— Quel serait le conseil de Zeph dans de telles circonstances ? se demanda le rêveur.

Dans sa réflexion, Francis pensa à Bon-Sorcier et à Prince-des-Bois. Le temps de cligner des yeux, le loup et le sorcier apparurent à ses côtés. Ensemble, ils se précipitèrent à la rencontre du monstre, déterminés à le vaincre sur son propre terrain. La bête disparut sur-le-champ, incapable d'affronter le défi.

Wouf...Wouf...Wouf... Les jappements de Capuchon sortirent Francis de son mauvais rêve. Il ouvrit les yeux au moment où le carlin lui léchait les joues et le nez.

Encore engourdi par un sommeil lourd, Francis fut incapable de réagir immédiatement. Le chien continua son nettoyage matinal, persuadé de l'utilité de son geste amical. Le garçon se releva d'un coup en voyant où il se trouvait. Ses pensées s'envolèrent vers Mathieu et Marjorie, sûrement très démoralisés après deux nuits d'absence dans cet environnement si hostile.

Le silence ambiant lui donna la chair de poule. Pour un deuxième matin, les oiseaux l'avaient abandonné à son sort pour se réfugier dans un endroit plus hospitalier. Le souvenir d'Antony lui revint à la mémoire.

Tu trouverais sûrement une solution pour sortir du camp, lui dirait son ami.

Encore craintif, curieux malgré tout, il jeta un œil à la fenêtre.

Le retour du soleil le remplit d'espoir. Enfin il pourra s'enfuir et rejoindre sa famille. Francis sortit sur le balcon dont les trois marches avaient disparu dans la débâcle. Pendant la nuit, discrètement, la rivière s'était transformée en ruisseau.

— Viens, Capuchon !

À gauche, un amoncellement de troncs d'arbres, de branches, de roches formaient un barrage. À droite, transformée en rocher dénudé, la colline lui sembla rabougrie. La rosée du matin ne donnait aucune beauté au paysage bouleversé.

Capuchon se réfugia entre les jambes de son maître. Là où quarante-huit heures plus tôt s'étendait une vallée verdoyante et une forêt de conifères, un lac inondait le terrain. Même si le soleil brillait, la contrée défigurée donnait un spectacle triste à mourir. Pour la première fois de sa courte vie, Francis prit conscience de la puissance de la nature. Il devenait impossible d'imaginer pire événement.

Avant d'abandonner le camp, il ouvrit une autre boîte de fèves au lard pour accompagner le porc-épic. Capuchon manifesta sa joie en sautillant autour de Francis.

— Tu fais beaucoup de progrès, toi.

Sa queue courbée se promenait de tous les côtés, et l'animal risqua même quelques jappements pour attirer l'attention de son maître.

Chapitre 16

LA RENCONTRE AVEC L'OURS BRUN

Francis se montra prudent avant de descendre du rocher sur la terre ferme. Même si l'eau s'était retirée, la boue dominait partout. Dès les premiers pas, il s'enfonça jusqu'aux genoux. Il réussit péniblement à dégager ses jambes et à remonter la pente. Après dix pas dans la boue, le maître et son chien ressemblaient à des épouvantails en terre cuite.

Francis et Capuchon devinrent de véritables statues vivantes. Incapable de se traîner, l'animal se mit à trembler et à japper. Sa fourrure dorée s'était transformée en motte de terre en décomposition.

— Mon brave chien, dans quelle aventure t'ai-je entraîné ?

Francis le prit sous son bras et continua la marche forcée en emportant son petit bonheur.

Enfin sorti du piège de boue, le garçon chercha le sentier par lequel il était arrivé. Plus rien ne semblait pareil ; le paysage avait subi une curieuse métamorphose, le champ de bleuets n'existait plus et une partie des collines avait glissé dans la vallée en laissant de profondes cicatrices.

Partout la même désolation avec les crevasses et les champs de boue remplis de sapins et d'épinettes déracinés. Francis croyait rêver encore tellement ce moment paraissait irréel.

Au bout du sentier, une ombre lointaine avançait lentement. Le fils abandonné pensa immédiatement à son père.

— Papa ! Papa ! cria Francis.

Heureux de croiser un être humain après deux jours dans la forêt, le garçon se précipita à sa rencontre. Il courut d'un pas lourd dans ses vêtements boueux et humides. Capuchon le rejoignit, lui mordillant les chevilles et jappant sans arrêt. La forme se précisa peu à peu ; un ours brun sur ses pattes de derrière fixa ces formes bizarres.

Devant ces tas de boue qui sautillaient, bougeaient et hurlaient, l'ours se sauva à toute vitesse. Conscient du danger, Francis tourna les talons et détala lui aussi.

— Tu as mis l'ours en fuite, affirma-t-il en prenant Capuchon dans ses bras et en embrassant sa tête boueuse.

Même la tache en forme de cœur avait disparu sous la saleté. Francis riait, se sentait heureux. Il souleva le chien au bout de ses bras et essaya de tourner sur lui-même afin de manifester sa joie. Impossible de bouger.

— Bon chien ! Je t'aime, Capuchon.

À son grand désespoir, Francis pataugeait de nouveau dans la boue jusqu'aux mollets. Il se dégagea péniblement, puis reprit la route. La bête sauvage avait disparu. Épuisé après tant d'efforts, l'enfant s'appuya sur un tronc d'arbre et se laissa lentement glisser jusqu'au sol.

Le fils donnerait la lune pour apercevoir son père à l'autre bout du sentier. Il l'imagina grand et fort sur son cheval brun. Blotti entre ses bras, Mathieu l'emporterait jusqu'à la maison. Craignant de le perdre une autre fois, il ne le lâcherait plus.

Il pensa à Antony, se demandant où il se trouvait à ce moment précis. *Merci Antony*, murmura Francis entre ses lèvres noires de terre, *sans toi, je n'aurais peut-être pas survécu au déluge. Tu m'as enseigné à pêcher, à chasser le lièvre et même à tuer le porc-épic.*

Il saisit alors le sens des paroles de son père sur la présence des amis : « Faut-il vraiment les perdre après avoir beaucoup appris d'eux » ?

Écrasé par la chaleur du midi dans ses vêtements souillés, fatigué, Francis ferma les yeux. Capuchon entre les bras, il s'endormit profondément.

Chapitre 17

FRANCIS SAUVÉ DU DÉLUGE

Des bruits de sabots sortirent Francis de sa léthargie. Les rayons du soleil le forcèrent à refermer les yeux. Puis un hennissement le réveilla complètement. Il crut reconnaître la robe brune de Rick. La boue séchée formait un masque de terre sur la peau de l'enfant. Les jambes trop engourdies, il fut incapable de se lever. Capuchon provoqua son maître par des jappements et en sautant sur ses cuisses endolories.

— Papa ! Papa ! hurla le rescapé, heureux de revoir son père.

Mathieu regarda son fils un moment avant de descendre de sa monture. Des larmes coulaient sur ses joues. Après deux jours de recherche, l'homme exhibait une barbe négligée, des traits tirés et des yeux rouges. Mathieu enveloppa son fils dans une couverture et le serra tendrement dans ses bras.

— J'avais tellement peur de ne plus te revoir, papa.

— Il faut toujours garder espoir. Jamais je ne t'aurais abandonné dans la forêt à la merci des bêtes sauvages. Après plusieurs mois à l'école de Zeph et d'Antony, malgré nos craintes, tu pouvais survivre et je le savais.

Mathieu jugea inutile de lui parler des tourments de Marjorie. Elle pleurait depuis quarante-huit heures, insistant pour participer aux recherches. Quelques hommes jugeaient inutile la battue dans les collines, persuadés que le disparu ne survivrait ni au déluge ni aux glissements de terrains.

Pourtant, trente hommes parcouraient les bois dans l'espoir de trouver leur fils perdu.

— Les pluies abondantes ont effacé toutes les traces et rendu le travail des sauveteurs très difficile, lui apprit Mathieu.

Blotti dans les bras de son père, l'arrivée à la maison se transforma en cris de joie et en mots d'amour. Marjorie n'en finissait plus de l'embrasser malgré la couche de boue recouvrant son corps. Étreint par l'émotion, l'enfant survivant laissa couler des larmes noires sur ses joues boueuses.

Kathie gazouilla pendant plusieurs minutes, une façon de souhaiter la bienvenue à son frère. Recevoir tant d'attentions comblait tous les désirs de Francis.

Pendant les jours suivants, Capuchon ne lâcha pas son maître d'une semelle. L'animal s'assoyait sur les pieds de Francis, lui sautait sur les genoux à toutes les occasions et grimpait sur l'oreiller dès le départ de Marjorie.

Francis s'amusait follement de la prudence de Capuchon devant les interdits de sa mère.

— Après cette aventure en forêt, je jure de ne jamais me séparer de toi, mon Capuchon.

Il l'ignorait encore, mais son serment allait se heurter à la rancune de McTavish. Ses parents connaissaient déjà la décision des dirigeants de la papetière de mettre fin au contrat de Mathieu. On l'accusait à son tour de vendre de l'alcool aux Indiens. Ils préférèrent attendre après l'anniversaire de Francis pour lui annoncer la mauvaise nouvelle.

Les parents redoutaient sa réaction. Le lendemain de la fête, après les bougies sur le gâteau, les cadeaux, les ballons et une lettre d'Antony, une grande tristesse envahit le cœur de Francis.

Il adorait la vie dans les bois et, après leur départ, jamais plus il ne reverrait la forêt ni la famille Chassé.

Francis caressa la tête de Capuchon en pensant à son copain trop loin dans le Nord. *J'aimais tellement les randonnées en raquette, la chasse aux lièvres et la pêche aux capelans.* Il sourit en repensant aux beaux moments passés en compagnie d'Antony.

Cette atmosphère de liberté et de nonchalance le fascinait. Comment croire que son existence allait bientôt se transformer ?

Chapitre 18

UN VOYAGE MOUVEMENTÉ

Sept jours plus tard, les Denicourt embarquaient sur une goélette de fortune en compagnie d'une dizaine d'autres voyageurs. Survint alors un grand drame dans la vie de Francis.

La veille, en effet, Mathieu avait donné Capuchon au voisin. Le choc provoqua une crise de larmes interminable.

— Le capitaine interdit les animaux à bord de son navire, expliqua Mathieu. Il ne veut rien savoir de notre chien.

Triste à mourir, la famille se résigna non seulement à abandonner Capuchon sur la Côte-Nord, mais également Rick, le magnifique cheval brun. Mathieu télégraphia la nouvelle à Zeph qui promit de le reprendre chez son cousin la semaine suivante.

Tenace, jamais à court d'idées lumineuses, Francis se leva à l'aube et s'empara d'une bouteille de bière. Il sortit sur la pointe des pieds, se dirigea vers la maison du voisin, s'empara de Capuchon, puis courut à la plage.

Le chien lécha la bière avant de s'écrouler. Francis le dissimula dans son sac, en compagnie d'un ourson en peluche et d'un petit oreiller.

— Tu vas dormir comme un vrai bébé, et personne ne s'apercevra de ta présence. Ce sera un mauvais moment à passer.

Pas un son ne sortit du petit sac pendant l'embarquement. Le chien ouvrit les yeux soixante minutes après le départ du bateau. Encore quelques heures et Capuchon serait en sécurité.

De son côté, Marjorie appréhendait le voyage sur le grand fleuve. Se souvenant du dernier voyage, elle souhaita une traversée reposante sur une mer calme.

— Tout se passera bien, lui chuchota Mathieu à l'oreille, en lui déposant un baiser sur la nuque.

La voyageuse jeta un regard satisfait sur le ciel bleu du matin.

— Souviens-toi, tu m'as chanté la même chanson l'an passé.

En époux aimant, il l'embrassa plusieurs fois dans le cou en lui disant de lui faire confiance. Au moins, Marjorie partait l'esprit en paix.

Sur le bateau, par prudence, le garçon ramassa les fonds de bouteilles de bière pour les offrir à la petite bête constamment étourdie par l'alcool. Francis put ainsi se reposer sans trop se tracasser de son sort.

Une chaloupe de sauvetage leur servit de refuge. La bière aidant, Capuchon dormit une partie du temps.

Après une heure de navigation, le fleuve se déchaîna soudainement sous la poussée d'un vent très violent. Les vagues en colère entraînèrent la goélette dans tous les sens. L'eau envahit le pont, chassant les passagers.

Soucieux, Mathieu et Marjorie interdirent à leur fils de monter sur le pont sous peine d'une sévère punition.

— Les passagers resteront dans la salle commune, ordonna le capitaine d'une voix puissante. En aucun cas, vous ne devez vous risquer sur le pont.

Le vieux loup de mer connaissait la furie automnale du Saint-Laurent. Les tonnes d'eau qui se déversaient sur le pont, cette fois, constituaient un réel danger. Les vagues démentes rendirent même impossible l'accostage au quai de Matane.

Après dix-huit heures d'une tempête d'automne monstrueuse, la plupart des passagers souffraient de nausée. Alitée depuis le début de la tourmente, incapable de soulever la tête à cause du mal de mer, Marjorie confia les enfants à Mathieu. Kathie pleura toute la nuit.

Les marins souffraient aussi de nausée et sortaient sur le pont par extrême nécessité. Francis attendit patiemment le changement de couche du bébé pour s'éclipser. En mettant les pieds sur le pont, une trombe d'eau salée le renversa. L'intrépide garçon réussit à s'agripper à un câble d'acier.

— J'y arriverai, mon chien. Ne crains rien !

Un seul but le motivait : sortir Capuchon de la chaloupe et le ramener à la cabine. Peu conscient du danger, il attendit la prochaine accalmie.

Après le passage d'un mur d'eau et le ruissellement abondant, Francis, entièrement trempé, rejoignit son chien à la chaloupe. Il retrouva Capuchon en plein sommeil, encore ivre, indifférent aux intempéries et au danger.

En raison du roulis et du tangage, Francis se mit à vomir. Il n'avait plus qu'un seul objectif en tête, rejoindre ses parents. Il camoufla l'animal dans son manteau en lui promettant de le mettre en sécurité.

Trop malade pour réfléchir au danger, l'enfant courut vers la porte. Un paquet de mer le jeta au sol. Francis roula sur lui-même, incapable d'arrêter la glissade vers la mer. Il sentit alors une main lui saisir la jambe.

– Tiens bon, fiston ! cria une voix à la fois tendre et angoissée.

– Papa ! Papa ! hurla Francis affolé.

Chapitre 19

Capuchon sans son petit cœur

Mathieu ramena son fils vers lui. Perdu, hurlant de peur, Capuchon sortit du manteau et se mit à courir sur le pont. L'eau le happa au passage. La pauvre bête glissa lentement sur le dos, puis disparut, emportée dans les flots.

Impuissant devant le drame, Mathieu serra Francis dans ses bras sans pouvoir le consoler.

— Je promets de retrouver Capuchon.

— Papa ! Papa !

— Papa tient toujours ses promesses.

Des larmes coulèrent sur les joues du garçon et une grande tristesse l'étreignit.

— Attends-nous sur la plage ! cria Francis confiant de revoir Capuchon sain et sauf.

La mer se calma à l'aube et la goélette accosta sans danger au quai de Matane. À la première heure, le lendemain matin, Mathieu parcourut la rue Saint-Jérôme, acheta un chien en tout point semblable et l'offrit à son fils.

— Capuchon ! s'écria Francis fou de joie.

Jamais il n'avait été si heureux. Il embrassa le petit animal et regarda son ventre. La tache en forme de cœur avait disparu : ce chien n'était pas le vrai Capuchon. Il préféra taire ce détail pour éviter de décevoir ses parents.

— Regardez, papa, maman ! Capuchon a nagé trop longtemps. La mer a effacé son petit cœur.

FIN

TABLE DES MATIÈRES

Des livres pour toi
aux Éditions de la Paix
127, rue Lussier
Saint-Alphonse-de-Granby, Qc   J0E 2A0
Téléphone et télécopieur
(450) 375-4765
info@editpaix.qc.cc   www.editpaix.qc.ca

Collection DÈS 9 ANS

Jocelyne Ouellet

> *Mat et le fantôme*
>
> **Julien César**

Viateur Lefrançois

> *Coureurs des bois à Clark City*
>
> **Dans la fosse du serpent à deux têtes**
>
> Sélection de Communication jeunesse

Gilles Côtes

> *Le Violon dingue*
>
> **Sorcier aux trousses**
>
> **Libérez les fantômes**
>
> Sélection de Communication jeunesse

Claudine Dugué

> *Le Petit Train de nuit*

Mylen Greer
Méphisto, le bienheureux
Danielle Boulianne
Babalou et la pyramide du pharaon

Collection À CHEVAL !
Marie-France Desrochers
Le Plan V...

Collection ADOS/ADULTES
Renée Amiot
Hedn
L'Autre Face cachée de la Terre
suite de ... **La Face cachée de la Terre**
Une Seconde chance [3+4]
Rollande Saint-Onge
L'Île Blanche

Documents d'accompagnement
disponibles

3 Guide d'accompagnement pour la lecture
4 Pièce de théâtre